FOLIO CADET

Maquette : David Alazraki

ISBN : 978-2-07-062163-7

N° d'édition : 160595
Loi n° 49-956 du 16 juillet 1949 sur les publications destinées à la jeunesse
Dépôt légal : février 2009
Imprimé en Italie par ZANARDI GROUP

Jacques Roubaud

Rondeaux

poésies

illustré par

Dominique Corbasson,

Monique Félix et Hélène Usdin

GALLIMARD JEUNESSE

Rondeau des moineaux qui vont à l'école

Quand vous irez à l'école
Petits moineaux du printemps
N'oubliez pas en partant
De peigner vos plumes folles
Avec un peigne à cinq dents

Et chantez bien les paroles
De vos leçons en volant
Quand vous irez à l'école

Que les punis se consolent
Les larmes sèchent au vent
Vous trouverez en rentrant
Des grains de blé dans vos bols
Quand vous irez à l'école

Rondeau des autruches

Les autruches du Minervois
Qui habitent dans la garrigue
Se gavent de pâté de foie
Et de confiture de figues
Ça vous surprend ? pas tant que moi

Quand le vent donne de la voix
Pour commencer ça les intrigue
Les autruches du Minervois

Mais quand il hurle c'est l'effroi
C'est la peur et c'est la panique
Où cacher sa tête on ne voit
Pas de sable, et des rocs qui piquent
Pauv'zautruches du Minervois

Rondeau du dinosaure qui danse avec les biches

Donnez la main au dinosaure
Petites biches, pour danser
Tournez, tournez, tournez encore
Lancez la ronde dans le pré

Un dinosaure c'est grand c'est fort
Mais pour la danse c'est pas doué
Donnez la main au dinosaure

Quand vous arriverez au bord
De la fontaine si vous lâchez
Ses grosses pattes il va tomber
Ça fera « plouf ! » et vous rirez
Donnez la main au dinosaure

Rondeau des rivières

Empêcherez-vous jamais
Ces rivières de courir ?
Rivières d'août ou de mai
Quand la glace se démet
En avril elles soupirent

Rivières inconsolées
De la pluie laissez-les fuir
L'empêcherez-vous jamais ?

Vous les regardez partir
Vers la mer entre les blés
Elles traînent les navires
L'empêcherez-vous jamais ?

Rondeau des cygnes d'Angleterre

Les beaux cygnes d'Angleterre
Des grands parcs et des rivières
Appartiennent à la Reine
C'est eux qui portent sa traîne
Au palais de Westminster

Ils ont l'air noble et sévère
Un long cou blanc comme laine
Ou neige ou d'un noir d'ébène
Les beaux cygnes d'Angleterre

Si on leur parle ils ne prennent
De répondre pas la peine
Tout le monde doit se taire
Et c'est pourquoi je préfère
Les oies qui veillent Big Ben
Aux beaux cygnes d'Angleterre

Rondeau du rhododendron

Le rondeau du rhododendron
Composé en octosyllabes
Se nommera rondeauderdron
De ce mot je suis le coupable

Une fois bien poli bien rond
Je le mettrai dans mon cartable
Le rondeau

Pour le rendre plus présentable
Je l'écrirai sur mon plafond
Ma boussole mon astrolabe
Et je ferai un colophon
Du rondeau

Rondeau de l'hirondelle

Ouvrez grande la fenêtre
Laissez l'hirondelle entrer
Dans la chambre se chauffer
C'est l'hiver le froid pénètre
Son plumage trop léger

Elle y trouvera peut-être
La chaleur qui lui manquait
Ouvrez grande la fenêtre

Quand le printemps voudra naître
Le doux temps recommencer
Elle le fera connaître
Première à nous l'annoncer
Ouvrez

Rondeau de l'écureuil

Mais où sont passées mes noisettes ?
Se dit l'écureuil très inquiet
J'avais trouvé quelques cachettes
Dans les feuilles mortes, parfaites
Hélas ! je les ai oubliées
Mais où sont passées mes noisettes ?

Les feuilles rousses sont muettes
Elles voudraient le consoler
Lui dire « là ! là ! grosse bête ! »
Elles ne peuvent qu'écouter :
Mais où sont passées mes noisettes ?

Rondeau de la famille Raton Laveur

C'est le jour de la grande lessive
Dans la famille Raton Laveur
On étale au soleil sur la rive
Les chaussettes les chapeaux les livres
Des parents des frères et des sœurs

Dans la grande bassine de cuivre
On trempe on savonne de bon cœur
C'est le jour de la grande lessive

On lave, on lave pendant des heures
Puis on lave le pâté de grive
Pour le déjeuner et les endives
On lave tout et même le beurre
C'est le jour de la grande lessive
Dans la famille Raton Laveur

Rondeau de la reine des brebis

Mesdemoiselles les brebis
Allons, vite dans la prairie
Mouillez de rosée votre laine
Et mirez-vous à la fontaine

Il faut être propre aujourd'hui
C'est la fête de votre Reine
Mesdemoiselles

Elle a mis ses plus beaux habits
Pour descendre en voilier la Seine
Bêlez, bêlez ! Vive la Reine !
Mesdemoiselles les brebis

Rondeau du quatuor de girafes

Le quatuor de girafes
Vient d'arriver sur la place
Avec quatre contrebasses
On leur porte une carafe
Pleine de vin blanc d'Alsace

Elles tiennent avec grâce
Leurs archets les photographes
S'agitent tant qu'ils agacent
Le quatuor de girafes

Les enfants prennent des échasses
Grimpent sur elles les embrassent
Réclament des dédicaces
Des léchous des autographes
Au quatuor de girafes

Rondeau de la tortue

Petit à petit la tortue
A fait le tour de son jardin
Elle a grignoté sa laitue
Et cueilli un bouquet de thym
Vraiment ce fut un beau matin

Le soleil chauffe de ses mains
Nues les verdures ingénues
Petit à petit

Le nez de la tortue remue
Il fera chaud on le sent bien
Elle tend le cou et revient
Lentement à l'ombre des rues
Petit à petit

Rondeau du dromadaire et du chameau

Un rondeau pour le dromadaire
N'est pas un rondeau pour chameau
Car deux bosses a le chameau
Une seule le dromadaire

On n'offre pas au dromadaire
De même façon qu'au chameau
Le rondeau

On met le rondeau du chameau
Entre les bosses du chameau
Mais sur celle du dromadaire
Le rondeau pour le dromadaire

Rondeau étrange des visages et paysages

La nature a ses visages
Qu'on appelle paysages
Des humains les paysages
Sont ce qu'on appelle visages

On couvre les paysages
De silence et les visages
De nature

Comment rendre les visages
Conformes aux paysages
Et rendre sans paysages
La nature à ses visages ?

Rondeau de la grenouille

Un beau soir d'été la verte grenouille
Reçoit pour dîner sur son nénuphar
Des amis, madame et monsieur Canard
Et monsieur Mulot. Menu : ratatouille.

Monsieur Mulot vient un peu en retard
Il craint de tomber dans l'eau :
Ça vous mouille
Même un soir d'été

Le nénuphar bouge. Il crie :
« ouille ! ouille ! ouille ! »
« Mais n'aie donc pas peur ! » lui dit
la grenouille
« Mange du dessert ! » disent les canards
Le repas fini il est déjà tard
On va dormir dans l'herbe qui chatouille
Au beau soir d'été

Rondeau des libellules

Les libellules font la ronde
Et dansent au-dessus des eaux
En battant des ailes. Il faut
Frapper ensemble, c'est si beau
Quand l'une et l'autre se répondent

Leur maîtresse est une fée blonde
Qui les a fait se lever tôt
Le soleil réchauffe le monde
Les libellules font la ronde

Mais la petite Rosemonde
Et sa copine Cunégonde
Pouffent de rire et font tout faux
Leur institutrice les gronde
Ces libellules

Rondeau du potiron

Le rondeau du potiron
S'appelle potirondo
Quarante courges en rond
Chantent derrière son dos
Ré mi fa sol la si do

Attendent-elles Godot
Pour danser avec Lord Byron
Le rondeau

Épatés sont les badauds
Chavirés les avirons
Empotés nous papotons
Tous ensemble admirons
Le rondeau du potiron

Rondeau de l'orthographe

krégné lé phôtes d'ortografe,
ekoliés, je vouzen supli
fo pas troizèfes à giraffe
sachéle bien, un seul sufi

de no jour on é bien genti
on vous footra paz une baffe
si vouvou trompai mais je le di
krégné lé phôtes d'ortografe,

si vous évrivéz mâl agraffe
sa vous souivra toute la vi
et ballafrre ! et gaphe ! et carraffe !
krégné lé phôtes d'ortografe,

ORTO
GRA
F

Rondeau de la guerre de Cent Ans

Vous partez, chevalier, pourquoi ?
« Mais, pour la guerre de Cent Ans ! »
Ça vous fera bien cent vingt mois
Sans retourner en Vendômois
Où votre épouse vous attend

Elle vous attend sans émoi
Écartant tous ses prétendants
Filant, jouant au jeu de l'oie
Vous partez, chevalier, pourquoi ?

Les années passent, il fait froid
Votre épouse a les cheveux blancs
Ses os brinquebalent, sa voix
Se casse, toujours elle attend
Mais pourquoi, chevalier, pourquoi ?

Rondeau de la dernière goutte de pluie

La dernière goutte de pluie
Sait-elle qu'elle est la dernière ?
Elle se hâte vers la terre
Derrière elle le soleil luit

Déjà les grands arbres s'essuient
Pendant qu'elle tombe, légère
La dernière goutte de pluie

Au creux d'une feuille de buis
Qui l'abrite de la lumière
Elle s'évapore sans bruit
La dernière goutte de pluie

Rondeau des moineaux qui prennent leur bain

Pendant qu'elles prennent leur bain
Dans leurs baignoires de poussière
Les dames moineaux font les fières
La poussière ça va au teint

Les messieurs moineaux pour leur plaire
Leur offrent mes miettes de pain
Pendant qu'elles prennent leur bain

Certaines, des aventurières
Viennent picorer dans ma main
Aux pigeons je ne donne rien
Réservant ma tartine entière
Aux moineaux qui prennent leur bain

Rondeau de la moule

La moule bâille au clair de lune
Entre les étoiles de mer
L'arapède au rictus amer
Et l'oursin aux aiguilles brunes

La vague idiote l'importune
Et le crabe aux pinçons pervers
La moule bâille au clair de lune

Le vent qui souffle de la dune
Lui flanque un frisson dans la chair
Ah vivre au cœur du Loir-et-Cher
Près d'une plantation d'agrumes
La moule bâille au clair de lune

Rondeau des antilopes

Les belles antilopes
Des savanes galopent
Mais les lions salivent
Une tendre escalope
C'est meilleur qu'une endive !

Jusqu'à Tananarive
Et de Brive aux Maldives
En Asie, en Europe
Ils chassent ils poursuivent
Les belles antilopes

Sans cesse elles s'esquivent
Jamais ils n'y arrivent
Et les lions invectivent
Tandis qu'au loin galopent
Les belles antilopes

Rondeau des rondeaux

Pour le rondeau des rondeaux
Il faut disposer en rond
Douze écoliers : six garçons
Et six filles, puis il faut

Que tous sachent leur leçon
Sans oublier un seul mot
Pour le rondeau des rondeaux

Un rondeau, ce n'est pas long
Le septième fait l'écho
Du premier et de nouveau
Le même en dernier répond
Pour le rondeau des rondeaux

Rondeauderdrome des éléphants, A

Cinq éléphants font la danse
Tourne, tourne le rondeau
Leurs cinq trompes se balancent
Cinq éléphants font la danse
Ébahissant les badauds
Tourne, tourne le rondeau
Ils barrissent en cadence
Ébahissant les badauds
Leurs cinq trompes se balancent
Ils barrissent en cadence
Cinq éléphants font la danse

Rondeauderdrome des éléphants, B

Cinq éléphants font la danse
Tourne, tourne le rondeau
Leurs cinq trompes se balancent
Ils barrissent en cadence
Ébahissant les badauds
Tourne, tourne le rondeau
Ils barrissent en cadence
Cinq éléphants font la danse
Ébahissant les badauds
Leurs cinq trompes se balancent
Cinq éléphants font la danse

Rondeauderdrome des vagues

Les vagues touchent le sable
Montent la pente s'affaissent
Avec leurs rouleaux d'écume
Et retournent dans la mer
Les vagues touchent le sable
L'une après l'autre les vagues
Montent la pente s'affaissent
Et retournent dans la mer
L'une après l'autre les vagues
Avec leurs rouleaux d'écume
Les vagues touchent le sable

Rondeauderdrome du furet

Qu'est-ce qu'il court, le furet !
Va-t-il passer par ici ?
Repassera-t-il par là ?
Qu'est-ce qu'il court, le furet !
Regardez ! C'est lui, là-bas !

Va-t-il passer par ici ?
Attention ! Il vient ici !
Repassera-t-il par là ?
Regardez ! C'est lui, là-bas !
Attention ! Il vient ici !
Qu'est-ce qu'il court, le furet !

Jacques Roubaud est né en 1932 à Caluire, dans le Rhône. En 1966, grâce à son ami Raymond Queneau, il devient membre de l'Oulipo. Il se définit lui-même comme un compositeur en poésie et un retraité en mathématiques. Il a publié de la poésie, de la prose, du théâtre et des écrits de théorie littéraire. Il a aussi traduit Lewis Carroll et beaucoup écrit pour les enfants. Pour lui « la poésie est l'enfance dans la langue ». Jacques Roubaud a déjà publié *Menu, menu*, dans la collection Enfance en poésie aux Éditions Gallimard Jeunesse.

Le rondeau (ou rondel) est une forme ancienne de la poésie française mise à l'honneur entre autres par Charles d'Orléans et Clément Marot. Il doit son nom à la ronde que l'on dansait en le chantant, car il était chanté à l'origine. Il ne le sera plus au XVe siècle. Le rondeau fonctionne sur deux rimes, et est constitué de la reprise du premier vers ou de mots sonnant de même. Ce recueil est composé de deux douzaines de rondeaux et de quatre rondeauderdromes (forme de rondeau inventée par le poète) qui chantent la nature, les animaux et l'enfance avec humour et fantaisie.

Dominique Corbasson est née en 1958 à Paris. Diplômée de l'École nationale supérieure des arts appliqués et des métiers de l'art, elle a été styliste avant de devenir illustratrice. Elle travaille également pour la presse et la mode.

Monique Félix est née en 1950 à Morges, en Suisse. Elle a fait ses études de graphisme à l'École d'art appliqué de Lausanne, puis a travaillé dans la publicité, le dessin de mode, l'animation, la décoration intérieure. Elle découvre ensuite l'illustration et dessine depuis pour la presse et l'édition.

Hélène Usdin est née en 1971 à Paris. Après des études aux Arts décoratifs de Paris, elle devient peintre de décors dans un studio d'animation. Elle travaille pour de nombreux magazines et éditeurs pour la jeunesse.